Un caballo mágico
para Ana

Un caballo mágico
para Ana

Karin Müller

Con ilustraciones de Beate Fahrnländer

PANAMERICANA
EDITORIAL

Müller, Karin
    Un caballo mágico para Ana / Karin Müller ; ilustrador Beate
Fahrnländer ; traductora María Claudia Álvarez.-- Editora Mónica
Laverde.-- Bogotá : Panamericana Editorial, 2014.
    116 p. : il. ; 21 cm. -- (Literatura juvenil)
    Título original : Ein zauberpferd für Anna.
    ISBN 978-958-30-4363-5
    1. Novela juvenil alemana 2. Novela de aventuras 3. Novela fantástica
I. Fahrnländer, Beate, il. II. Álvarez, María Claudia, tr. III. Laverde,
Mónica, ed.
IV. Tít. V. Serie
833.914 cd 21 ed.
A1430505

        CEP-Banco de la República. Biblioteca Luis Ángel Arango

Primera edición en Panamericana Editorial Ltda.,
septiembre de 2014
Título original: *Müller, Ein Zauberpferd für Anna, 1st*
volume of the series "Zauberflügel"
© 2012 Franckh-Kosmos Verlags-GmbH & Co.
KG, Stuttgart, Germany
© 2012 Karin Müller
© 2012 Panamericana Editorial Ltda. por la versión
en español
Calle 12 No. 34-30
Tel.: (57 1) 3649000, fax: (57 1) 2373805
www.panamericanaeditorial.com
Bogotá D. C., Colombia

Editor
Panamericana Editorial Ltda.
Ilustraciones
Beate Fahrnländer
Traducción del alemán
María Claudia Álvarez
Diagramación
Once Creativo

ISBN 978-958-30-4363-5

Impreso por Panamericana Formas e Impresos S. A.
Calle 65 No. 95-28,
Tel.: (571) 4300355, fax: (571) 2763008
Bogotá D. C., Colombia
Quien solo actúa como impresor.
Impreso en Colombia - *Printed in Colombia*

Ocurre un milagro

El ratoncito estaba agazapado en un rincón del baúl donde se guardaba la comida de los ponis, Ana podía ver el latido de su diminuto corazón bajo el pelaje castaño.

—Estás atrapado —le dijo con un susurro, y lo levantó con cuidado.

Parecía petrificado del miedo al ver que un ser humano había descubierto su provisión secreta, escondida en aquel enorme baúl. Solo cuando Ana fue a poner su otra mano sobre el pequeño ladrón, este se movió y faltó poco para que se escapara, pero la niña —que vestía un grueso abrigo amarillo— fue más rápida y alcanzó a formar una cueva con sus manos justo antes de que el viejo gato de la caballeriza advirtiera el tesoro que escondía. Las paticas del ratón le hicieron cosquillas.

Bepo pasó ronroneando alrededor de las piernas de Ana y ella sonrió.

—Qué bueno que de momento ustedes no saben el uno del otro —susurró, y miró a su alrededor buscando un escondite adecuado para que a Bepo, repentinamente, no se le despertara el apetito.

Se decidió por unas pacas de paja. Trepó con cuidado en la primera —una tarea difícil cuando no se tienen las manos libres para sujetarse— y logró mantener el equilibrio apoyándose con fuerza; sin embargo, cuando estiraba los brazos la paja le picaba en la cara. Al llegar arriba separó las manos para que el ratoncito pudiera deslizarse con rapidez entre las pacas.

De repente, escuchó una voz detrás de ella:

—¿Qué estás haciendo ahí?

—¿Y quién dejó abierto otra vez el baúl de la comida? —exclamó una segunda voz.

Ana respiró profundamente y con un torpe salto hacia atrás bajó de las pacas de paja. Obviamente sabía quiénes habían hablado: allí estaban Greta y Lene, las dos tenían siempre algo que criticar.

Los ponis de las dos niñas estaban ubicados en una caballeriza vecina y Jule, el poni de Ana, vivía en el club de equitación con los caballos de entrenamiento.

Jule, aunque era pequeña y vieja, a los ojos de Ana era la más hermosa del mundo. La había visto por primera vez el *Día de puertas abiertas* que había organizado la granja para recibir a aquellos animales que ya nadie quería. Entonces Jule tenía un aspecto terrible: estaba sucia y se le veían los huesos, tenía el pelo opaco, con caspa, y la crin y la cola sarnosas, pero sus ojos claros y amigables se fijaron directamente en la niña y su mirada le llegó al corazón.

De repente, Ana sintió que algo ocurría, algo en su interior empezó a cantar…

Por supuesto, no se lo podía contar a nadie y mucho menos a Lene y a Greta. Se morirían de la risa, armarían un enredo y dirían que estaba totalmente loca. Casi podía verlas burlándose de ella y de la pequeña Jule: "¿Cómo se puede cantar en el interior de uno mismo? ¡Está completamente loca!". No era difícil imaginarlo, pues esto era algo que ellas hacían a menudo.

* * *

Lene dejó caer con fuerza la puerta del baúl de la comida y Ana se sobresaltó. Por un instante pensó contarles acerca del ratón, sabía con certeza que darían gritos y saldrían corriendo, pero desechó la idea. ¡Pobre ratón! Con seguridad los padres de Lene y Greta alertarían de inmediato a los profesores de equitación, a los cuidadores de caballos, a los mozos de cuadra y quién sabe a cuántas personas más para que le pusieran veneno y trampas. Y como no soportaría que eso ocurriera, mantuvo el secreto.

—Oye, Ana —dijo Greta con tono afectado—, ¿viste algo del torneo?

—Qué lástima que no pudieras participar —agregó Lene, usando el mismo tono.

Las niñas sabían que Jule ya estaba muy vieja para participar en una competencia de saltar vallas y, por supuesto, también sabían que durante la competencia Ana había trabajado recolectando boñiga; eso significaba que había estado durante una hora, con un rastrillo y un cubo, lista para recogerla en caso de excitación de un caballo —lo cual ocurría con frecuencia—, así que después de media hora Ana ya había llenado la primera carretilla.

—Nosotras estuvimos entre los primeros cinco puestos y recibimos bandas como premio —agregó Greta.

—Las colgamos en la puerta de las caballerizas de Safira y Titania. ¿Quieres verlas? —preguntó Lene.

—Pero para eso ella tendría que venir con nosotras —objetó Greta, y levantando las cejas añadió—: ¿Ya terminaste acá, o todavía tienes trabajo?

—Aún tengo que barrer el pasillo de las caballerizas —explicó Ana con un tono sereno.

Cada vez que podía ayudaba en los establos y las horas trabajadas las abonaba a la cuenta de gastos para la manutención de Jule, esa

había sido la única condición que le habían puesto sus padres cuando se la compraron; contrario a lo que ocurría casi siempre, se dejaron convencer fácilmente.

—Bueno, entonces otra vez será —dijo Lene y buscó algo en el bolsillo de su chaqueta—. Mira, acá tengo una zanahoria para Jule.

Movió de un lado a otro la zanahoria vieja y arrugada y finalmente la puso sobre el baúl de la comida.

—Tenemos que irnos, vamos a celebrar el triunfo. Nuestros padres nos invitaron a comer —agregó Lene, tomó del brazo a Greta y las dos niñas se marcharon riendo entre dientes.

Ana tomó la zanahoria y se dirigió a la despensa donde tenía una manzana y dos zanahorias más. En la pared había un pequeño cuchillo de cocina con el que cortó las zanahorias en trozos largos y luego las picó en pedazos más pequeños para que Jule se las pudiera comer con facilidad. La manzana la cortó en cuatro y luego puso todo en un recipiente que tenía el nombre del poni escrito con pintura naranja, verde y violeta. Jule relinchaba emocionada.

Sonriendo, Ana soltó el cuchillo, tomó el recipiente, apagó la luz y regresó al baúl de la comida, pues debido al rescate del ratón había olvidado llenar el comedero con la ración nocturna: un puñado de avena molida.

Ahora por fin tenía todo en orden. La pequeña Jule no necesitaba mucho, comía despacio y con mesura, disfrutando cada bocado. A Ana le encantaba verla comer, había algo muy tranquilizador en ello: oír sus dientes crujir y arrancar el heno y también escuchar el leve chasquido cuando sus labios tomaban con cuidado un trozo de fruta o de hortaliza.

La pequeña quería mucho a su poni y no le importaba en absoluto cuánto podía cabalgar en ella. Esto variaba cada día según el estado de Jule. En días buenos podían incluso galopar un poco por el bosque y sus saltos eran tan suaves y acompasados que era casi como volar. Cuando los días no eran tan buenos, salían a caminar y Jule comía a la orilla del camino.

Afuera se levantaba una luna redonda y rojiza. Ana bostezó, había sido una jornada larga y el sonido que Jule hacía al comer la había arrullado. Se dejó caer sobre el lecho de paja, acarició el cuello de su poni y sintió el

abrigo de su pelaje. Jule siguió comiendo, satisfecha.

El resplandor de
la luna entraba
por la ventana
de la caballeriza.
Jule contemplaba
cómo la misterio-
sa luz acaricia-
ba la cabeza de
Ana, cuando de pronto sintió que esta las envolvía por completo a las dos. La niña resopló,
sorprendida.

Entonces, todo comenzó.

Ana había cerrado los ojos y, ensimismada,
se preguntó cómo había sido Jule y cómo vivía
cuando era joven.

—Yo era el poni de torneo más veloz que te puedas imaginar. Obtuve muchas bandas como premio y salté muy alto. ¡Créeme!

Ana asintió adormilada, apoyó la cabeza sobre las rodillas y de repente se sintió demasiado cansada incluso como para asombrarse de escuchar la voz de su poni y de que ella pudiera leer su pensamiento.

—Eso puedo imaginarlo, pero entonces, ¿qué ocurrió después? —murmuró Ana.

La dorada luz de la luna continuó avanzando y Jule sacudió impaciente la cabeza:

—Hubo buenos y bellos tiempos, pero luego llegaron los malos… eso quizás te lo cuente después, lo importante es que tú me encontraste y todo cambió. Pero ahora ponte de pie y ven conmigo.

Jule miró a Ana, la invitó a seguirla y se dirigió hacia la puerta. Las caballerizas de los ponis tenían, además de una puerta de dos hojas con acceso al pasillo del establo, otra que daba al corral de arena. Durante el día los animales podían estar afuera o adentro, según su preferencia, pero en la noche las medias puertas se cerraban con cerrojo, para que los ponis pudieran dormir tranquilos. Solo la puerta de Jule permanecía todo el tiempo abierta a fin de que se pudiera mover con libertad, a menos que hiciera tanto frío que con la puerta abierta el abrevadero pudiera congelarse por completo.

—Bueno, ¡vamos! ¡Ven ya! —insistió Jule, que se acercó a donde estaba Ana e impaciente la empujó con suavidad.

Por fin Ana se despertó de un salto y se frotó los ojos. ¿Soñaba o en realidad estaba hablando con su poni?

Jule piafó con la pata delantera, se puso en marcha y atravesando la cortina de tiras de plástico, salió al campo.

Ana se levantó con rapidez, se sacudió la paja de las piernas y de los brazos y, en silencio, caminó tras su poni. Aún no sabía si estaba despierta o todavía soñaba.

Ya había oscurecido, la respiración de la niña formaba pequeñas nubes de niebla y la cobriza luna llena, que a Ana le pareció mucho más grande que siempre, brillaba sobre ellas y envolvía a Jule en una luz cálida y misteriosa. Entonces, algo extraño ocurrió: la luz se hizo cada vez más clara e intensa y de repente la vieja Jule empezó a brillar. Su lomo parecía arder y todo aquello que Ana recordaba de su pasado, los huesos salientes y cicatrices, empezó a transformarse. Ana se asustó y quedó petrificada.

La pequeña Jule se estiró y sacudió satisfecha su crin mientras que en su lomo, justo detrás de la cruz, se formaban dos abolladuras. Ana contuvo la respiración, aún no podía moverse ni tampoco gritar para pedir ayuda. En cualquier caso, ¿quién podría ayudar en una situación como esta?

—Todo está bien —le oyó decir a Jule, como si se tratara de la cosa más natural del mundo. Ana presenció, fascinada, lo que ocurrió después: las abolladuras que tenía sobre las paletas crecieron un poco más y cambiaron de forma, se expandieron y Jule contrajo todos los músculos para ayudar en el proceso.

Entonces, una luz resplandeciente obligó a Ana a cerrar los ojos y cuando los abrió de nuevo descubrió que la pequeña Jule no padecía de ninguna enfermedad extraña. Bajo la misteriosa y cálida luz de la luna brillaban un par de húmedas alas. Su vieja Jule acababa de desplegarlas y Ana no sabía muy bien si reír o llorar…

Alas frescas

Ana no sabía cuánto tiempo había estado allí en silencio, mirando asombrada y con respeto.

La luna continuó su ascenso, se hizo más pálida y pequeña y en el camino perdió la luz rojiza.

—Jule —susurró Ana tan pronto recuperó la voz—, ¿estoy soñando o es cierto que te crecieron alas?

La voz de Jule se escuchó risueña:

—¿Acaso qué parecen?

Entonces, desplegó las alas y las movió de arriba abajo. Ana sintió en su cara el viento frío de la noche, pero este no la hizo temblar, por el contrario, una sensación cálida la invadió.

—Mi pequeña Jule... —susurró Ana de nuevo—, mi pequeña Jule tiene alas.

—Puedes acercarte con tranquilidad —le dijo.

Ana tocó tímidamente las alas de su poni: eran frescas, de plumas suaves y sedosas, algunas aún estaban húmedas y allí donde se encontraban con el cuerpo, eran blandas, tupidas y esponjosas.

—Querida Jule —dijo Ana con admiración—, ¡eres como Pegaso!

—Estas son alas mágicas —explicó Jule—. Sí, soy un caballo alado. Siempre lo supe, aunque hubo un tiempo en el que no lo creí.

Cuando yo aún era un potro, mi madre me contó que éramos caballos alados, pero solo ahora que estoy contigo me atreví a soñar de nuevo que el día de la transformación llegaría. No siempre se logra, si yo no me hubiera encontrado contigo...

Parecía haber recordado algo triste, pero Ana no se atrevió a interrumpir para preguntarle. Los ojos de Jule se ensombrecieron al continuar la historia:

—Cuando los caballos alados alcanzamos la edad precisa y todo va bien, entonces desplegamos nuestras alas. Tú acabas de asistir a mi nacimiento como caballo alado. —Al terminar resopló.

—Mi pequeña Jule... alas mágicas... —dijo Ana, asombrada. Jule sonrió.

—Sí, así podría decirse. "Pequeña Jule alas mágicas", ese será mi nuevo nombre, pero lo mantendremos en secreto. A mí me gusta, ¿y a ti?

Entonces, con el hocico empujó suavemente a la niña y exhaló aire cálido sobre sus dedos, que estaban enrojecidos por el frío.

—Ponlos bajo mis alas, allí se calentarán de nuevo.

—¿Puedo? —preguntó Ana, pues no entendía muy bien lo que estaba sucediendo ni sabía cómo debía manejar ahora a su poni. ¡En un momento todo había cambiado!

Jule asintió y Ana introdujo con cuidado sus dedos entre el grueso plumaje y disfrutó del calor acogedor. Ya no había rastro de los huesos salidos, todo se sentía suave y saludable.

Como si Jule hubiera leído el pensamiento de Ana, le respondió:

—Todo eso fue por el crecimiento de las alas, siento mucho que te hubieras preocupado.

Ana no lo podía creer, estaba segura de que en cualquier momento despertaría en su cama.

—No, no estás soñando —dijo la pequeña Jule, y pareció como si contuviera la risa—. Es cierto que puedo leer tu pensamiento. ¿Quieres que te pellizque para que me creas?

Jule levantó los labios con picardía y mostró los dientes. Ya no se veían tan amarillos como antes.

Ana, avergonzada, sacudió la cabeza y se recostó con cuidado sobre el cálido cuerpo de su poni. Por lo menos su olor era el mismo que había tenido siempre, aunque aún debía acostumbrarse a que le leyera el pensamiento. Inhaló ese aroma familiar y acarició suavemente su lomo y sus alas.

—Mejor te traigo otra manta —dijo Ana con un susurro—, no quiero que te resfríes.

La pequeña Jule la siguió hasta las caballerizas y allí ocurrió de nuevo algo extraño: cuando entraron, todos los animales guardaron silencio. No se oía ningún ruido: nadie cavaba, nadie roía, nadie arrancaba heno, nadie resoplaba. Ni siquiera la paja crujía. Ana no podía ser tan amenazante como para haber generado esa reacción y, además, estaba oscuro. La pequeña Jule la empujó con la cabeza y la condujo de nuevo al pasillo.

Ana levantó los hombros y caminó rápido y con valentía hasta el interruptor de luz. En las caballerizas se escucharon ruidos y susurros. Al principio solo escuchó fragmentos de palabras confusas, pero poco a poco empezó a comprender:

—Imagínate…

—¿Vieron eso?

—La pequeña lo logró…

Cuando Ana encendió la luz, por un instante reinó otra vez el silencio, pero luego empezaron de nuevo los susurros.

—… yo siempre supe que las dos eran especiales…

—… también la manera como ayudó al pequeño ratón…

—Justamente Jule… quién hubiera imaginado… algo así…

—¿Y si tuviéramos acá otro caballo alado?

Ana sacudió la cabeza y una y otra vez se rascó los oídos con sus dedos índices. ¿Qué clase de sueño demente era ese? Ahora le parecía oír que hablaban todos los caballos de entrenamiento.

Cuando pasó frente a la caballeriza de Fenja, la yegua castaña, el animal estiró la cabeza por encima de la media puerta y de repente la echó de nuevo para atrás.

—¡Huy! ¡Ahí está todavía!

Ana escuchó primero una voz asustada y luego un tono suplicante:

—¿Podrías traerme una zanahoria? Están encima de las mantas.

—¡Déjala en paz! —exclamó un poni pinto que se encontraba junto a Fenja—, ¿no ves que aún está desconcertada?

—Ay, Bruno, traer zanahorias no es difícil, ¿cierto? —increpó Fenja y enseñó los dientes.

Ana sacudió de nuevo la cabeza y siguió adelante. Decidió no pensar más en esos extraños acontecimientos y murmuró:

—Eso resuélvanlo ustedes, ahora es tiempo de dormir, zanahorias habrá mañana otra vez.

Bruno retrocedió espantado y se golpeó contra la caballeriza.

—¡Ella nos entiende! ¿Oyeron eso? ¡Un ser humano entiende lo que decimos!

—¡Qué va! ¡Estás loco! —replicó Fenja—. Es pura casualidad. ¿Desde cuándo los humanos entienden a los caballos? Aunque quisieran, nosotros hablamos una lengua completamente diferente.

Ana tomó la manta que estaba colgada de un soporte en la pared y regresó. Por su cabeza pasaban miles de ideas relacionadas con la pequeña Jule y con su propio futuro junto a un caballo alado. Todo era tan increíble... ¿y qué tal si en realidad estuviera soñando? ¿Y qué ocurriría si no?

Ana no se enteró mucho del alboroto de los caballos. Melody, una yegua aveliñesa, había tomado la palabra en ese momento:

—Hagamos una prueba, amigos. Ana, si puedes oírme, detente y parpadea.

Ana levantó los brazos como disculpándose y siguió adelante:

—Ahora no tengo tiempo para eso, Melody, lo siento. Mi poni necesita su manta.

Se armó una acalorada discusión entre los ponis, pues ninguno sabía cómo calificar la respuesta. ¿Podía la niña comprender el lenguaje de los caballos?

Pues no había parpadeado y había seguido su camino, pero había respondido…

Jule estaba en la caballeriza con una expresión sonriente.

—Te ves cansada, ya fue suficiente por esta noche, ¿verdad?

¿Cansada? Ana estaba demasiado exaltada. Quizás estaría un poco mareada. Le puso la manta a la pequeña Jule, caminó a su alrededor cerrando todos los broches y dio un gran bostezo.

—¿Entonces? —preguntó Jule, y a Ana le pareció que otra vez sonreía con picardía, pero no sintió que se estuviera burlando de ella.

—Quizás tengas razón. Cuando pienso en el camino de regreso a casa, en bicicleta, preferiría envolverme en una de las mantas para caballos

y dormir a tu lado —respondió algo contraria-
da. Luego, se acercó cariñosamente al cuello de
Jule y cerró los ojos.

—Eso ni pensarlo —refutó Jule, y dio un
paso adelante de manera que Ana estuvo a punto de perder el equilibrio—. Además, tenemos
que probar mis alas.

De inmediato, Ana quedó completamente
despierta.

—¿Quieres decir que…? —no se atrevió
siquiera a completar la frase.

—¿Te gustaría que te llevara a casa? —preguntó Jule con astucia, y entusiasmada golpeó
el suelo con su casco.

Ana dudó.

—¿Acaso ya sabes volar así no más? ¿No tienes que practicar primero? —preguntó Ana un

poco sorprendida—. Y, además, ¿puedes hacerlo de una vez con un jinete?

La pequeña Jule sacudió la crin y resopló:

—¿Es que no confías en mí?

—Claaaaro —murmuró Ana y recordó su última cabalgata. Cuando iban al galope Jule tropezó con una raíz y por poco se caen las dos. Caerse de un caballo era una cosa, y dolía bastante, pero caerse de un caballo alado tendría que ser realmente grave—. Quiero decir que... —dijo Ana, y pasó saliva. La oportunidad de cabalgar en un caballo alado era algo extraordinario y, en todo caso, si todo era un sueño, nada grave pasaría.

En medio de estas dudas, y un poco confundida, terminó de despertarse. En el corredor de las caballerizas aún se escuchaba el cuchicheo y los caballos intentaban adivinar por qué Ana podía, de repente, entender sus conversaciones.

Miradas incrédulas la siguieron hasta el cuarto de las sillas de montar.

—Ustedes también deberían ir a dormir ahora —sugirió Ana, y los cuchicheos se silenciaron de manera abrupta. Ella sonrió satisfecha.

—Creo que los caballos de entrenamiento están algo intrigados —le explicó la pequeña Jule; y la niña asintió.

—Así es, es muy extraño que un ser humano comprenda nuestro lenguaje. Seguro cuando brotaron mis alas recibiste un rayo de la mágica luz de la luna. Ya veremos cuánto tiempo puedes conservar este don.

Vuelo de prueba

Ana respiró hondo, de nuevo siguió a su maravilloso poni y atravesó con él la cortina de tiras de plástico que los condujo al aire libre.

—Estoy lista —dijo la niña. La noche estaba ahora un poco más fría y ella tiritaba, la arena crujía bajo sus botas térmicas.

—¿Quieres dar primero una vuelta de prueba? —preguntó Jule.

Ana asintió.

—¿Y tú?

Jule sacudió la crin y volvió la cabeza.

—Pero no puedo volar con esta manta.

—¡Oh!, es cierto, ¡espera! —exclamó Ana, y rápidamente desabrochó las correas y se la quitó.

Jule desplegó sus alas y las agitó un par de veces. Los caballos de entrenamiento se asomaron, curiosos, en dirección al corral de arena.

—¿Qué está ocurriendo?

—¿Qué hacen ahora?

—¡Miren!

El cuchicheo empezó de nuevo y uno de los caballos comenzó a dar patadas contra la pared de madera. El alboroto se extendió y en las demás caballerizas se oía el inquieto retumbar de resoplidos y relinchos.

—¡Vamos, sube! —exclamó la pequeña Jule, y se paró cerca del abrevadero a fin de que

Ana lo usara como apoyo para subirse. Para
no obstruirle el camino, Jule desplazó un poco
sus alas. Ana tomó la manta, la extendió sobre
el lomo de Jule a manera de silla de montar y
subió con cuidado al abrevadero. El agua estaba completamente congelada. Luego, se sujetó
de la crin y, al pasar la pierna por encima del
lomo, hizo chillar el caucho de sus botas.

Sin embargo, no logró subir en el primer intento, pues tuvo problemas con la manta que una y otra vez se resbalaba. Jule le dio un suave empujón con su ala izquierda y entonces pudo subir: ahora estaba montada sobre su poni y las piernas casi desaparecían bajo las alas.

Ana se enderezó y acomodó la manta. Tenía una sensación extraña: por un lado el cálido lomo le parecía familiar, pero, por otro, su pequeña Jule le parecía ajena. Cerró los ojos y respiró profundamente. "Nada de ponerse nerviosa", se dijo a sí misma.

La pequeña Jule se alejó un poco de las caballerizas y extendió alegremente sus alas. Ana alcanzó a ver por el rabillo del ojo que Fenja dejaba de masticar y una bola de heno caía de su boca.

—Son alas grandes —le escuchó decir a la yegua.

La pequeña Jule avanzó algunos pasos y levantó las alas.

—¿Cómo estás? —le preguntó a Ana, y bajó un poco las alas.

La niña tomó un grueso mechón de la crin y se esforzó por estar lo más relajada y derecha posible, tal como se lo había enseñado su profesora de equitación.

—Estoy bien —respondió casi sin aliento, y tragó saliva.

—Entonces, ¡a volar! —exclamó el animal y empezó a galopar. La arena saltaba bajo sus patas.

Jule batía sus poderosas alas cada vez más rápido, mientras Ana veía cómo se acercaban a la valla de estacas de madera, al final del corral de arena. Cerró los ojos, asustada, y esperó un impacto que no ocurrió. En lugar de ello, la pequeña Jule dio un salto y se elevó.

Ana oía el batir de las alas, pero no el ruido que hacían las patas. Entonces, abrió los ojos: ¡Estaban volando! Cada vez se elevaban más en el cielo nocturno. Alguien lanzó un grito de alegría y a Ana le tomó un instante comprender que esos sonidos brotaban de sí misma.

Volar era como saltar obstáculos, solo que en este caso nunca se aterrizaba al otro lado. Ana se quitó de la cara un mechón y soltó las manos de la crin de Jule: ya no tenía miedo. El constante aleteo de su poni la conducía a través de la noche. Parecía como si nunca hubieran hecho nada diferente a volar.

Los caballos de entrenamiento relincharon y alargaron los cuellos, Jule dio una vuelta sobre el establo y luego giró en dirección a la pequeña ciudad. Las luces les indicaban el camino.

Desde arriba, los árboles, las casas y los autos se veían diminutos. Ana miraba asombrada.

—¡Mira, allá está nuestro bosque!

La pequeña Jule resopló. Bajo la luz de la luna brillaba el arroyo donde tantas veces habían descansado.

—¿Hacia dónde vamos en realidad? —preguntó Ana después de un momento—. Desde acá arriba todo se ve tan diferente.

—Conozco el camino —respondió Jule—. No necesito pensar, el instinto me lleva. He estado un par de veces en tu casa, recuerda que me comí la hierba del antejardín.

—Pero entonces era de día y había luz —objetó Ana.

—Eso no importa, los caballos tenemos un buen sentido de orientación y en la noche yo veo mejor que tú. Allá adelante está el viejo molino, ¿lo ves?

Ana entrecerró los ojos, pero tardó unos cuantos aleteos antes de ver las aspas del molino de viento que estaba muy cerca de la casa de sus padres.

No había nadie en la calle y eso estaba bien, pensó Ana, pues, ¿cómo podría explicar lo que estaba ocurriendo? Una niña que es llevada a casa por un poni con alas mágicas...

—¡Sujétate bien! —exclamó Jule, y bajó con rapidez. Al ver que los árboles, los arbustos y los faroles de la calle crecían de manera vertiginosa,

Ana cerró los ojos de nuevo, pero el aterrizaje no fue más fuerte que el que se siente después de un salto sobre un *cavaletti*. No podía compararlo con nada más, pues ninguna de las dos había saltado antes más alto.

—La diferencia es que ahora estábamos volando —dijo Jule orgullosa, y le recordó a Ana, una vez más, que ella podía leer su pensamiento—. Siempre he sabido lo que piensas —le explicó—, pero antes te parecía imposible.

Ana reflexionó un momento, aún no se sentía segura y, desconcertada, se deslizó por el lomo de su poni. La pequeña Jule alargó la cabeza hacia la hierba húmeda y arrancó un par de ramas.

—Exquisito —dijo, mientras las mordisqueaba. Luego, empujó a Ana con suavidad—.

Vamos, entra, tu mamá te debe estar esperando. Es tarde, aunque llegaste mucho más rápido que si hubieras venido en bicicleta.

—¡Mi bicicleta! La había olvidado por completo —exclamó Ana, y frunciendo el ceño miró a la pequeña Jule—. ¿Y tú cómo vas a regresar a casa? Si te cubro con la manta no podrás volar de regreso, y si vas andando te puede ocurrir algo o alguien puede pensar que te has escapado y te puede atrapar. Pero sin la manta...

—No te preocupes —respondió Jule, con serenidad—, aun sin la manta nadie verá mis alas. Realmente no la necesito.

—¿Segura? —Indecisa, Ana tomó la manta del lomo de Jule, la extendió y reflexionó en voz alta—: Mañana temprano podría hacerle unas ranuras para las alas.

—Es una buena idea —dijo Jule—, pero ahora tengo que irme. ¡Confía en mí! Lo voy a lograr.

Sin tomar impulso empezó a galopar y después de tres saltos se levantó del suelo, Ana la siguió con la mirada llena de asombro.

Un instante después se encendió la luz del jardín y cuando la madre de Ana abrió la ventana de la cocina, Jule ya estaba volando muy alto.

—Entonces sí había oído bien, hola mi niña elfo —dijo una voz saludando a Ana—. ¿Con quién estabas hablando? ¿Qué era ese traqueteo, como de patas de animal?

Tan solo un sueño

—Vamos adentro, hace frío y es tarde —dijo su madre, y cerró la ventana de la cocina.

Ana dio un suspiro y miró una vez más hacia el cielo nocturno: no había ningún rastro de la pequeña Jule.

Entró a la casa, cerró la puerta, y cuando estaba colgando en el perchero el abrigo de invierno, su madre se acercó y le dio un abrazo.

—Debes estar congelada, mi pobre niña, todo ese largo camino en bicicleta... —dijo, levantando las cejas, y continuó—: Y además llegas tarde, estaba a punto de salir a buscarte en el auto.

Ana sacudió la cabeza y se quitó las botas.

—Todo está bien, mamá, es solo que había mucho trabajo. Mi bicicleta está todavía en las caballerizas, me trajeron.

—¡Oh! ¿Quién te trajo? —exclamó la madre.

—No la conoces —respondió Ana, y se mordió el labio inferior.

—Bueno, ¿y cómo estuvo el torneo? ¿Quién ganó? —preguntó la madre.

Ana tuvo que pensar durante unos segundos, pues ya casi había olvidado el torneo y también a Greta y a Lene. Le parecía que había pasado tanto tiempo desde que las niñas habían alardeado con sus bandas.

—Tuve que recoger una carretilla y media de boñiga —respondió Ana para no decir nada más.

Su madre frunció el ceño, le ayudó a quitarse el suéter y le puso la mano en la frente:

—Mi niña, ¡estás ardiendo! ¿Estás enferma?

Ana suspiró.

—No, mamá, fue un día agotador, quiero ir a dormir.

—Tómate al menos un plato de tu sopa preferida —le pidió.

Ana caminó hasta la cocina, casi arrastrándose, y se dejó caer sobre la banca frente a la mesa.

Después de la cena, apenas se enteró de cómo su madre la llevó hasta el baño, le quitó las medias y los pantalones de montar y le puso el cepillo de dientes en la boca. Ana se lavó como los gatos y, sin protestar, permitió que le pusiera la piyama como si fuera una niña de cinco años. Luego, se dejó caer en la cama y, antes de que su madre terminara de arroparla, quedó profundamente dormida.

* * *

A la mañana siguiente, Ana tardó un momento antes de recordar. Era domingo, el sol brillaba y la casa estaba en silencio. Algo había sucedido, pero... ¿qué era? Se despertó, eran casi las nueve, lo podía ver en su reloj despertador. Sacó los pies de la cobija para hacer una prueba.

—¡Brrr! hace frío —exclamó, y de inmediato se acomodó de nuevo.

No había ninguna prisa: los domingos su madre salía temprano a buscar panecillos, trotaba un poco alrededor del lago y luego se duchaba, esa era la señal de que Ana debía poner el mantel en la mesa.

Más tarde, aún en la mañana, iban juntas a las caballerizas y mientras Ana se ocupaba de Jule y entrenaba un poco en el picadero, su madre iba al salón de los jinetes, tomaba café, conversaba y leía el periódico del domingo.

El padre de Ana era ingeniero civil, con frecuencia estaba de viaje y varias veces se había tenido que mudar de casa. Ahora mismo enviaba tarjetas postales desde Dubái. Sin embargo, ellas se las habían arreglado bien solas.

De repente, Ana se incorporó asustada:

—¡Jule!

De un salto bajó de la cama y, al hacerlo, se golpeó el dedo del pie con la silla donde estaba colgada su bata de baño, aun así siguió corriendo sin reparar en el golpe. Hoy no había tiempo: tenía prisa por llegar a las caballerizas.

¿Dónde estaba su madre? ¡Ahora tenía un poni con alas mágicas y eso no lo podía descubrir nadie! ¿Dónde diablos había dejado la manta de Jule?

En ese momento oyó el sonido de una llave en la cerradura.

—¿Mamá? ¿Dónde pusiste ayer la manta que traje? —preguntó Ana, antes de que su madre terminara de entrar a la casa.

—Buenos días —respondió ella, sonriendo—. ¿Cuál manta?

Ana reflexionó. ¿Por qué su madre no sabía nada acerca de la manta que había llevado a casa? Tenía que encontrarla. Pero si su bicicleta estaba estacionada afuera y la manta no estaba en el jardín, frente a la puerta o en el pasillo, entonces probablemente todo había sido un sueño. Ana pasó corriendo al lado de su madre y cruzó el umbral de la puerta. No había ninguna manta a la vista y en el garaje su vieja bicicleta se veía brillar bajo el sol. Decepcionada, Ana se quedó sin aliento… así que el vuelo con su pequeña Jule también había sido pura imaginación.

—Entra, Ana —dijo su madre—, hace frío. Me imagino que te refieres a la manta de Jule. Yo la puse en la lavadora, por eso la trajiste a casa, ¿o no? Ya tenía un olor un poco fuerte y estaba muy sucia.

Ana no entendía nada.

—Pero… mi bicicleta —titubeó.

Su madre encogió los hombros.

—Hoy me levanté muy temprano, pero con el frío que hace no tuve ganas de dar la vuelta al lago trotando, así que fui en el auto hasta el club, caminé por el bosque, y de regreso recogí la bicicleta.

—¿Y? ¿Todo en orden en las caballerizas? —murmuró Ana.

—Sí, por supuesto. ¿Por qué? —preguntó la madre y miró a Ana que estaba pálida. Luego continuó—: Estuve solo un momento adentro y le di a Jule una manzana. Todavía estaba oscuro y los caballos de entrenamiento dormían. El torneo debió ser muy exigente.

—Mmm... —Ana asintió. ¿Qué otra cosa podía agregar?

—¿Está todo bien?

—Sí, seguro —repitió Ana—, ¿por qué no?

En realidad estaba muy confundida, pero ¿cómo explicárselo a su madre? Al principio había parecido un sueño y ella se había asustado, pero ahora todo indicaba que aquello que parecía imposible sí había ocurrido, lo que quería decir que ella sí había llegado a casa volando sobre el lomo de Jule. ¿O quizás había regresado cabalgando? Eso tenía que aclararlo ahora mismo.

Ana dejó a su madre, desconcertada, en el pasillo y deslizándose con rapidez salió de la casa en bata y zapatillas. Si el día anterior había estado en casa con su poni, tendrían que haber dejado huellas, de manera que buscó en el suelo alguna prueba. En el asfalto de la entrada por supuesto no se podía ver nada,

pero al lado del cobertizo estaba el césped donde la pequeña Jule había pastado en el verano.

El corazón de Ana latía con fuerza: ¡Al
parecer había huellas! Eran casi imperceptibles

debido a que el suelo estaba congelado, pero la hierba parecía haber sido presionada por las patas de un caballo.

Durante la noche casi no se había formado escarcha y cuando se observaban de cerca las marcas, se veían más oscuras. Ana se acercó, era evidente que la noche anterior había estado allí con Jule.

Se agachó para recorrer lentamente el terreno, como lo hace un detective, para encontrar alguna otra pista. En un lugar la superficie del suelo estaba un poco revuelta y con seguridad Jule había estado parada allí mismo.

Adelante, la hierba estaba más corta y en el piso había unas ramas mordisqueadas. Ana se sorprendió, pues no advirtió que la pequeña Jule había comido algo.

De repente, le pareció oír una risita, pero al mirar hacia atrás no había nadie, solo su madre que tiritaba de frío bajo el marco de la puerta.

—¿Ana?

—Ya voy, mamá. Creo… creo… que ayer perdí un pendiente —mintió y se mordió el labio inferior, mientras iba borrando las huellas con las zapatillas.

Ahora que tenía un caballo alado, sería necesario decir mentiras piadosas todo el tiempo. Pero, ¿acaso estaba segura de que en realidad tenía uno? Tal vez la noche anterior había cabalgado con su poni hasta la casa y luego había huido. No, eso ella no lo haría jamás.

Cuando siguió las huellas, un poco más adelante encontró por fin lo que buscaba: pudo comprobar que había dos huellas que se veían mejor que las otras en el suelo congelado y luego desaparecían. Ana sintió gruñir su estómago y la emoción la hizo sentirse mareada: ya no había ninguna duda. Ahora sí tenía prisa de verdad.

Una mañana de domingo en la caballeriza

—Mamá, ¡tenemos que ir a las caballerizas ya! —exclamó Ana, y entró como un rayo a la casa, pasando al lado de su madre mientras se quitaba la bata.

—Aunque tu pendiente esté por ahí perdido, primero vas al baño y después a desayunar. ¡Hay tiempo para todo! —repuso su madre, amablemente.

Más rápido que de costumbre, Ana entró al baño y se vistió.

—Ay, mamá, por favor, ¿podrías prepararme un pan con mantequilla y me lo voy comiendo en el camino? —le rogó Ana, mientras se peinaba y terminaba de alistarse, pero su madre se mantuvo firme.

Quince minutos después estaban por fin en el auto. Ana no paraba de moverse en la silla. Aunque el trayecto le pareció interminable, en realidad tardaron los mismos siete minutos de siempre.

—¿Quieres que te ayude a buscar? —preguntó su madre al estacionarse.

Ana ya estaba lista, con la mano en la manija de la puerta.

—Eh… no gracias, mamá, ve a tomar café, así yo quedo más tranquila —respondió, y salió corriendo. Su madre suspiró.

Camino a las caballerizas se encontró con varios conocidos que, aunque tan solo la saludaban, la hacían sobresaltar. Únicamente la obesa señora Meyer le preguntó de manera insistente por su madre, quiso saber por qué Ana no había participado en el torneo y si le gustaría algún día entrenar con otro poni. Iba acompañada por una niña delgada de pelo castaño que Ana no había visto allí jamás y a quien miró con discreción: pantalones de montar usados, botas de caucho gastadas y untadas de estiércol en el tacón, y una sonrisa tímida que le dibujaba hoyuelos en las mejillas. Parecía buena persona y por lo visto no sabía muy bien lo que estaba ocurriendo.

—Juliane vive en el vecindario y está buscando participación para su poni, ¿sabes?

—Bueno, pues… —dijo Juliane, que aún no estaba tan decidida como la señora Meyer, pero esta la interrumpió.

—Ella es tan tímida como tú y por eso pensé que las dos podrían congeniar muy bien.

Juliane levantó la mirada y Ana esbozó una sonrisa. La niña parecía amable, pero Ana tenía prisa. Alzó los hombros en señal de disculpa y dijo:

—Lo siento, pero ahora de verdad no tengo tiempo.

La señora Meyer tomó aire y comenzó un monólogo. A Ana le costó librarse de ella sin dejar de ser amable pues, al fin y al cabo, con frecuencia le daba manzanas y remolachas a la pequeña Jule.

Más adelante se encontró con Claudia, una estudiante de la escuela de equitación que estaba de turno en las caballerizas y que al ver a Ana frunció el ceño y la miró furiosa.

—Buenos días —dijo Ana insegura, pero Claudia permaneció en silencio y pasó delante de ella, empujando la pesada carretilla hasta el estiercolero.

Cuando por fin Ana estaba por llegar donde Jule la esperaba, se encontró con Lene.

—Hola, Ana —exclamó desde lejos con voz chillona—, ¿vas hacia las caballerizas? Pues te vas a llevar una gran sorpresa.

Con una amplia sonrisa se fue detrás de Ana, casi pisándole los talones. Era evidente que no estaba dispuesta a alejarse de allí. Ana vacilaba entre la rabia y el miedo, tenía que deshacerse de Lene antes de llegar a la caballeriza de Jule, pero ¿cómo?

—Oh, ¡hola! —por supuesto que se trababa de Greta, quien venía corriendo, agitada. Entonces, ambas se pegaron a Ana como goma de mascar.

—¿No tienen nada mejor que hacer que seguirme? —refunfuñó Ana.

—¿Qué le pasa a esta? —preguntó Greta, fingiendo estar indignada.

—Ni idea —respondió Lene, con tono afectado.

Ana estaba a punto de estallar e incluso lamentó haber enviado a su madre a tomar café. Ella por lo menos podría haber mantenido a distancia a las pesadas de Greta y Lene, pues tampoco simpatizaba con ellas.

Por fortuna para Ana, en ese momento llegó el profesor de equitación, el señor Donner, un hombre adorable a quien todos respetaban.

—Ah, hola Ana —la saludó, y levantó sus pobladas cejas—. Ven conmigo a la caballeriza, hay algo que quiero que veas.

Ana tragó saliva y dudó un instante antes de atravesar la estrecha puerta de madera, pero ya no había nada que hacer.

—A ustedes dos no se les ha perdido nada acá, el domingo es día de descanso para los caballos de entrenamiento —dijo el señor Donner a las niñas curiosas que querían seguirlos, y cerró la puerta en sus narices.

—¡Aguafiestas! —oyó Ana que una de las niñas exclamaba enojada. Había logrado al menos librarse de las intrusas, pero no se sentía aliviada en absoluto. Si el señor Donner había evitado que el asunto se hiciera público, tenía que haber una razón de peso para ello.

Ana no quería preguntar, pero en todo caso las palabras se le escaparon:

—¿Qué pasa? ¿Le ocurrió algo a Jule?

—Bueno, pues —dijo el señor Donner y carraspeó—, es mejor que lo veas por ti misma.

Con una sensación extraña en el estómago, Ana se acercó a la puerta de la caballeriza. Por lo visto Claudia ya había terminado de limpiarla, porque adentro no había nada y eso en realidad era muy extraño.

Por un lado, la pequeña Jule no estaba y, por otro, literalmente no había ni un tallo de paja en la caballeriza; además, la puerta de acceso al corral estaba cerrada.

Afuera se escuchó un animado relinchar y
Ana, con el corazón en la mano, miró al señor
Donner. En ese momento su poni asomó la
cabeza, apoyándola sobre la media puerta
cerrada de la caballeriza. Estaba muy sucia,
tanto que Ana jamás la había visto así.

—¿Qué es esto? —preguntó sorprendida y casi susurrando.

—Es el poni más sucio del mundo —afirmó el señor Donner y ya no pudo contener la risa—. Espera a que la veas toda, parece que pasó la mitad de la noche revolcándose en estiércol y ensuciando su caballeriza. Cuando pudimos confirmar que aparte de eso tu poni estaba bien, Claudia refunfuñó a todo pulmón. Más tarde, cuando el suelo de acá adentro esté seco, tú debes hacer de nuevo el lecho de paja y, por hoy, es mejor que no te encuentres con Claudia.

—Ya nos encontramos —murmuró Ana y se acercó despacio hacia su poni. Le daba la impresión de que le hacía guiños bajo el desgreñado flequillo. Se asomó a la media puerta y, dudosa, corrió el cerrojo.

—¡No puedo creerlo! —exclamó al ver la dimensión del asunto. Embadurnada y sucia era poco, su poni tenía pegado al cuerpo más estiércol y paja del que cualquier animal pudiera tener a su disposición—. Es imposible que todo esto estuviera en la caballeriza —dijo Ana.

El señor Donner se rio y luego se despidió:

—En todo caso, ¡que te diviertas limpiando!

—Te dije yo me encargaría —dijo una voz familiar y bondadosa.

—Jule, ¡aún hablas! —susurró Ana que, emocionada, la abrazó con fuerza y se ensució con el estiércol—. ¡Es maravilloso! ¡Un verdadero y auténtico milagro!

—¡Sí, lo es! —confirmó Jule.

Y ya no había nada que agregar.

—Bueno, ahora tenemos que pensar —dijo Ana—. No puedes andar así de sucia todo el tiempo solo para que tus alas no se vean. Mmm… la manta está en casa, en la lavadora.

—Pues toma la vieja manta de cuadros —le propuso Jule.

Ana se dio un golpe en la frente:

—¡Es cierto! ¡Casi la había olvidado! Por supuesto, si a ti no te importa. —La vieja manta de cuadros estaba guardada en algún rincón del armario y no se usaba desde hacía meses, pues necesitaba con mucha urgencia ser remendada.

La pequeña Jule sacudió la cabeza y entonces Ana fue a traer todo lo necesario para limpiar a su poni y luego camuflarlo de nuevo.

Tardó tres cuartos de hora tan solo para limpiar y sacudir lo mejor posible el estiércol de las patas, de la cara y de la robusta grupa de su poni y luego se puso a limpiar la crin y la cola.

—¡Puf, qué trabajo me has dado! —se quejó Ana, mientras se quitaba de su sudorosa cara un mechón de pelo. Le había empezado a doler la espalda, pues tuvo que agacharse varias veces para limpiar y cepillar también el vientre de su poni y esto le tomó mucho, mucho tiempo. Entretanto, la pequeña Jule mordisqueaba contenta una enorme paca de heno y disfrutaba del masaje y las caricias que recibía con los diferentes cepillos.

Había silencio y tranquilidad en las caballerizas, pues los domingos no había clases de equitación. Los caballos se echaban sobre la arena o dormitaban con una pata trasera doblada y disfrutaban del sol de invierno.

Ana había llegado por fin al lomo de su poni y no veía sus alas a pesar de estar mirándola cuidadosamente y de estar segura de que las tenía. Definitivamente la pequeña Jule había logrado un camuflaje perfecto.

Le quitó con cuidado los trozos de estiércol más grandes y, con la punta de los dedos, le arrancó la paja y el barro del pelaje y de las alas. Miró en el cajón el revoltijo de bruzas, cepillos y almohazas de caucho y de metal y se preguntó: "¿Con qué se limpian las alas de caballo?".

—¡Cuidado! —escuchó relinchar a Fenja de pronto—. ¡Alguien se acerca!

Transformaciones

Ana puso atención pero tardó algunos segundos en oír los pasos que venían de afuera y se acercaban con rapidez. Entonces, tomó de inmediato la manta de cuadros y cubrió con ella a la pequeña Jule justo a tiempo, pues Claudia venía caminando hacia las caballerizas.

—Dime, ¿qué es lo que hace tu superponi? —le preguntó, en tono poco amigable.

Ana se asustó. ¿Se habría dado cuenta de algo la cuidadora de caballos?

—¿A qué te refieres? —preguntó Ana con timidez.

—Mira, ensuciarse de semejante manera... eso yo no lo había visto nunca antes en una caballeriza —vociferó Claudia, y se apoyó sobre la media puerta—. Si no es porque tu poni ha sido siempre tan amorosa y especial, esta mañana la hubiera mandado a la luna sin dudarlo.

—¡Casi nada! —le pareció a Ana que decía la voz indignada de la pequeña Jule, y tuvo que contener la risa.

—Perdona, Claudia... —le dijo Ana, avergonzada, y acarició la crin de su poni, intentando calmarla—. Ella no lo dice en serio —le susurró después en el oído a la pequeña Jule.

La joven examinó el trabajo de Ana y dio su aprobación.

—Se ve muy bien hasta donde se alcanza a apreciar con la manta, y buena idea que hayas sacado del armario todas las cosas viejas…

—Mmm —murmuró Ana, e hizo como si estuviera raspando el casco de la pequeña Jule.

—¿Quieres montar más tarde? Ahora mismo no hay nadie en el picadero.

—Gracias —respondió con tono amigable y prefirió no decir nada más, de lo contrario, Claudia se hubiera quedado allí una eternidad.

Por la prisa no había alcanzado a abrochar la correa alrededor de la manta de la pequeña Jule, de forma que si esta se movía y pisaba la cuerda que estaba en el suelo, la manta se podría caer.

Claudia se retiró de la puerta de la caballeriza.

—Haz tú el lecho de paja, yo me voy a almorzar —se despidió por fin.

—Sí, está bien —respondió Ana, aliviada, y siguió a Claudia con la mirada hasta que abandonó las caballerizas. Luego se recostó contra su poni, miró el reloj de pulsera y exclamó—: ¡Estuvimos cerca!

Eran las doce pasadas. ¿Sería cierto que le había tomado tanto tiempo? Pensativa, cerró los broches de la correa de la manta y arrastró hacia la caballeriza las dos pacas de paja que Claudia le había dejado listas.

—Voy a traer mi cuchillo —le explicó a la pequeña Jule—, con los dedos no puedo romper las abrazaderas.

—Ve tranquila —la animó Jule—, ¿y me traes una manzana?

De camino a la despensa, a Ana le pareció haber vivido eso antes: los caballos y los ponis la miraban de nuevo con curiosidad y susurraban al verla pasar.

—Va a ser muy difícil ocultar para siempre a los humanos nuestro caballo alado.

—¿Cómo le podrá poner una silla de montar?

—¿Y qué pasará cuando el señor Donner haga preguntas?

—¿O Claudia?, ¿o la madre de Ana?

—¡Qué va, son humanos!

—Bueno, pero tontos tampoco son.

Ana apretó los dientes y guardó silencio, pero al ver que los cuchicheos continuaban también a su regreso, no pudo contenerse más y protestó:

—Bueno, ¡déjenlo ya! Lo que ustedes tienen es envidia porque nosotras vamos a volar y a vivir muchas aventuras maravillosas.

Sin embargo, en el fondo ella también tenía sus dudas, pues no sería fácil esconder todo el tiempo las alas de su poni.

* * *

La pequeña Jule esperó con paciencia a que Ana cortara las abrazaderas de las pacas y esparciera la paja por toda la caballeriza, formando una cama suave. Después le preguntó:

—¿Olvidaste mi manzana?

Ana se asustó, eso nunca le había ocurrido.

—Ay, lo siento —dijo, consternada—; ya te traigo una.

—Y ustedes, ¡cállense, por favor! —dijo Jule dirigiéndose a los demás caballos, que, en efecto, guardaron silencio cuando Ana pasó delante de ellos en busca de la manzana. Sin embargo, parece que a Fenja le costó mucho ya que, movía el labio inferior como un camello.

—Ya, ya —le dijo Ana en voz baja, y al pasar le acarició el hocico. Fenja resopló indignada, pero al parecer también un poco más tranquila.

Mientras la pequeña Jule tomaba con sus labios los trozos de manzana y los mordía con deleite, Ana reflexionó en voz alta sobre cómo organizaría el resto del día.

—Quizás sea mejor si hoy no monto, prefiero hacer un poco de trabajo en tierra. Así pasarás inadvertida si llevas la manta, ¿qué opinas?

—Como quieras —respondió la pequeña Jule con la boca llena y le guiñó el ojo con

picardía—, pero también podríamos ir al bosque y cuando nadie esté mirando, despegamos.

—¡Guau, sí! —exclamó Ana, entusiasmada—.
No se me había ocurrido, ¡es la mejor idea!

—Ya ves —dijo sonriendo la pequeña Jule y
tomó el último trozo de manzana de la mano

de Ana—. Y ahora, a terminar de limpiar mis alas pronto. Tu madre está por llegar y querrá saber en qué andas.

Y así fue, apenas Ana terminó de cepillar a Jule y de abrochar de nuevo en su vientre la correa que sostenía la manta de cuadros, escucharon la voz de Fenja:

—¡Atención! ¡Alguien se acerca! —segundos después se oyeron los pasos.

—Oh, ¿todavía estás acá? —preguntó la madre de Ana, y se asomó a la caballeriza por encima de la pared de madera—. Ya he oído que tuviste mucho trabajo hoy. ¿Cuánto más te demoras, mi niña elfo?

—Aún tengo que cubrir de paja la caballeriza —le explicó Ana— y me gustaría dar un paseo con Jule, ¿tenemos tiempo?

La madre de Ana miró el reloj.

—Son las doce y media, ¿no crees que se nos hará tarde? Tenemos que almorzar.

—Podríamos almorzar en el salón de los jinetes ahora mismo y luego tú te quedas tomando café, ¿te parece? —propuso Ana, y miró a su madre con ojos de súplica.

—Está bien —aceptó ella, sonriendo.

—Regresaré pronto —le prometió Ana a la pequeña Jule y siguió a su madre.

* * *

Veinte minutos después estaba de regreso y salía de las caballerizas llevando de la rienda a su poni. Desde hacía algún tiempo se había acostumbrado a ir sin embocadura, simplemente con la rienda anudada a ambos lados del cabestro. La manta cubría las alas mágicas de la pequeña Jule. Cuando Ana desabrochara la correa del pecho, la manta se descolgaría hacia los lados y Jule podría volar. Al menos ese era el plan.

Al acercarse al bosque, Ana se sentía cada vez más nerviosa. ¿Qué sucedería si se encontraban con caminantes o con otros jinetes? Tenían que pasar inadvertidas para poder despegar y aterrizar tranquilas. ¿Y si alguien miraba hacia arriba y las descubría? Jule la tranquilizó.

—No temas, todo va a salir bien.

Ana se paró sobre el tronco del árbol al que solía trepar y montó a su poni sin silla para proteger su lomo; se adentraron en el bosque trotando y, de repente, tras un recodo, la pequeña Jule se desvió del camino de herradura y tomó un sendero cubierto de vegetación.

—¡Este sendero es prohibido para los jinetes! —protestó Ana en voz baja, pero la pequeña Jule simplemente sonrió.

—Nosotras no somos jinetes corrientes.

Unos pasos más adelante el camino se hizo más ancho y la pequeña Jule se detuvo.

—Es el momento de soltar la correa —le pidió a Ana. Ella se estiró hacia adelante y, sin necesidad de bajarse, logró desabrocharla.

Jule comenzó a trotar cada vez más rápido y Ana a resbalarse, pero justo antes de caerse, Jule empezó a galopar y entonces fue más sencillo acomodarse a los saltos. Se aferró a la crin e intentó dejar las piernas sueltas para no molestar a su poni. Entonces, sintió cómo Jule extendía sus alas y tomaba impulso. Por segunda vez emprendieron vuelo.

Sobre las nubes

Fue como la primera vez, pero aún más hermoso porque en esta ocasión Ana estaba completamente despierta y además se había arriesgado a mantener los ojos abiertos desde el comienzo.

Los árboles se hacían cada vez más pequeños. Si alguien las viera desde abajo, pensaría quizás que se trataba de un ave enorme.

Cada vez volaban más alto, el aleteo de la pequeña Jule era un susurro en los oídos de Ana, su cálido cuerpo la calentaba y el paisaje sobre el bosque y los campos era simplemente fantástico.

Volaron incluso en medio de las nubes, se sentía como si bucearan en una fina y húmeda niebla. La cara de Ana se humedeció y se formó una fina capa de rocío sobre su piel y su ropa, sobre la manta y el pelaje de la pequeña Jule. Ana no podía ver más allá de las orejas de su poni.

—¿Sabes para dónde vamos? —preguntó Ana, inquieta.

La pequeña Jule se rio.

—Podemos ir a todas partes, tenemos todo el cielo para nosotras, somos libres como las aves. ¿Puedes sentirlo?

Ana asintió, radiante de alegría, cerró los ojos con confianza y disfrutó del aleteo, de los

movimientos de la pequeña Jule y de la sensación de las nubes sobre su piel.

Más arriba el sol brilló de nuevo y Ana
alcanzó a pensar que podrían detenerse sobre
las nubes, pero cada vez que la pequeña Jule las
rozaba, se levantaba una niebla húmeda.

Por un instante, Ana pensó en las burlonas
de Lene y Greta y en cómo se sorprenderían

si la pudieran ver ahora mismo, pero en realidad eso no le gustaría en absoluto y, además, esa maravillosa aventura no era asunto de nadie más en el mundo.

—Oh, mi pequeña Jule alas mágicas —exclamó—. Te agradezco tanto, ¡esto es fascinante!

La pequeña Jule no respondió, pero Ana pudo sentir su alegría.

Iniciaron el descenso; Jule dibujaba círculos cada vez más abajo y luego estuvo varios minutos planeando sobre el bosque. Cuanto más se acercaban a los árboles, más nítidas veía Ana sus ramas y sus hojas. En el camino había tan solo dos jinetes pero estaban bastante lejos y, además, trotaban en dirección opuesta.

Y así, aterrizaron tan inadvertidas como cuando habían alzado el vuelo. Tras un par de saltos, la pequeña Jule empezó a ir al paso y bajó las alas. Ya no era posible verlas desde lejos.

Ana bajó de su poni y la protegió de posibles miradas curiosas cerrando la correa de la manta. Saltó y bailó emocionada a su alrededor.

—¡Fue increíble! ¿La primera vez también volamos tan alto? No, ¿cierto? ¡En medio de las nubes! ¡Maravilloso! ¿Cuándo volamos de nuevo? —Su poni se había quedado atrás, trotaba despacio detrás de Ana y jadeaba—. ¡Vaya! —exclamó Ana inquieta y regresó adonde Jule—. ¿Estás agotada por el vuelo? ¿Es culpa mía?

Jule se detuvo. Ana podía ver bajo la manta el movimiento de su pecho al respirar.

—¿Estás bien? —preguntó preocupada.

Jule tosió varias veces con una tos seca antes de poder responder.

—No, no tiene nada que ver contigo, tiene que ver con mi transformación. Yo también disfruté mucho nuestro vuelo pero, Ana, tenemos que hacernos a la idea de que tengo que dejar la caballeriza.

La niña reflexionó: ahora mismo, cerca del bosque, su poni se encontraba en una especie de caballeriza al aire libre que le permitía respirar bien y moverse con libertad. Jule continuó caminando y Ana la siguió, sin embargo, cuando llegaran a las caballerizas todo sería diferente y aunque Claudia lograra reemplazar la paja por viruta de madera que levantara menos polvo y aunque el heno se remojara para que al comerlo le hiciera bien a los pulmones, esto no sería suficiente. Quizás su madre tendría que llamar al veterinario.

—Eres muy amable al preocuparte por mí, Ana; pero no son solo los pulmones, con el tiempo mis alas ya no se van a poder esconder más. Ha llegado para mí el tiempo de regresar a casa.

—¿Qué dices? —Ana se detuvo. El miedo le hizo sentir un nudo en la garganta y su corazón latía con fuerza—. ¿A qué te refieres?

—A La Isla de los Caballos Alados —respondió Jule, imperturbable. Resopló y siguió trotando—, esa es mi tierra natal. Ana, ¿me ayudarías a encontrar el camino?

Jule miró con sus grandes ojos a la niña y, de inmediato, Ana creyó comprender cómo era esa isla.

Un lugar que flota en medio de las nubes, a
su alrededor algunos caballos alados vuelan
mientras que otros dormitan, satisfechos, sobre

la hermosa hierba de la isla. Una sensación de profunda tranquilidad, plenitud y felicidad completa invadió a Ana y su corazón empezó de nuevo a latir con fuerza.

Un instante después la visión había desaparecido y Ana solo vio su figura reflejada en los ojos de Jule.

—¿Me ayudarás? —le pidió de nuevo.

—¿Qué debo hacer? —preguntó Ana con la voz apagada. Amaba a su poni y lo que más deseaba en la vida era que fuera feliz y que estuviera sana. ¿Lo que más deseaba en la vida? Pero, ¿acaso no quería también que la pequeña Jule se quedara con ella?

—Ya veremos, todo saldrá bien, aún tenemos tiempo —dijo entonces Jule—. Vamos, sube de nuevo, ya me siento mejor.

Se detuvo al lado del ya conocido tronco del árbol y Ana se subió sobre su lomo sin protestar.

El vuelo de Jule había sido reconfortante, pero aún quedaba una sensación oscura que empañaba la alegría maravillosa de volar. Ana estaba sumida en pensamientos tristes y se estaba helando.

—Piensa en nuestro vuelo y en lo que sentiste al ver la isla en tu interior —le pidió la pequeña Jule cuando, en la caballeriza, Ana le quitó el cabestro.

Su madre ya la estaba esperando.

—Estuvieron mucho tiempo fuera, creo que tomé café como para toda la semana —se rio, abrazó a su hija y juntas caminaron hasta el auto—. Oye, ¿qué te pasa? Estás muda, no dices nada.

—Fue una cabalgata maravillosa —dijo simplemente Ana, pues aún tenía un nudo en la garganta.

—¿Pero? —le ayudó su madre—. ¿Qué pasa, mi niña elfo?

—Jule tiene una tos espantosa.

—¿Quieres que llame al veterinario? —preguntó su madre, preocupada.

Ana negó con la cabeza.

—No va a ayudar, creo que su tos viene del corazón, está triste.

—Está vieja —dijo su madre con prudencia.

—Lo sé —respondió Ana resignada.

Camino a casa las dos guardaron silencio.

* * *

Ana se fue a su habitación, pues quería estar sola y reflexionar, y el mejor lugar para hacerlo era la mecedora. Abrazó a su osito de peluche y tomó impulso con la punta de los pies.

Le vinieron a la memoria las palabras de la pequeña Jule al despedirse: "Piensa en nuestro vuelo y en lo que sentiste al ver la isla en tu interior".

Ana hundió la nariz en su peluche, que estaba un poco chamuscado. Teddy tenía solo un brazo y guardaba en su lanoso cuerpo miles de aromas, pero eso no tenía importancia, su olor era familiar: olía a hogar y Ana se sentía protegida.

El movimiento de la mecedora la adormiló. Cerró los ojos y entró en un sueño extraño: el ratón que había encontrado en el baúl de los alimentos estaba en el brazo de la mecedora y chillaba.

—No te entiendo —murmuró Ana en medio del sueño.

El ratoncito trepó por su brazo, se paró sobre las patas traseras y le susurró a la niña al oído, los pelos largos del bigote le hacían cosquillas.

—Pregúntale a tu madre por el árbol y averigua por qué te llama "niña elfo".

Ana se quedó pensando en lo que esto significaba, pero en ese momento se oyeron unos golpes y alguien abrió la puerta de la habitación. El ratoncito desapareció con rapidez y Ana despertó.

—¿Estás bien, mi niña elfo? —preguntó su madre y se apoyó en el marco de la puerta.

—Sí, estoy bien. ¿Mamá?

Klara Federlein conocía aquella mirada de su hija y, entonces, se sentó en la cama.

—¿Qué quieres saber?

Secretos de los elfos

—… En aquel entonces tu padre se rio de mí, pero yo estaba segura de que los elfos te habían protegido. —Así terminó la madre su historia y, ensimismada, miró por la ventana.

Ana guardó silencio. Así que por esa razón su madre la llamaba niña elfo: cuando era un bebé, un rayo había caído de manera sorpresiva sobre el viejo manzano que estaba en el jardín, debajo del cual ella estaba durmiendo en su cuna. El rayo le encendió fuego al árbol y lo partió en dos: la mitad del tronco cayó sobre la cuna sin hacerle ningún daño y la copa del árbol la protegió de las llamas. Como a ella no le ocurrió nada, por alguna razón su madre siempre creyó que esto había sido obra de los buenos espíritus.

Ana sintió una necesidad apremiante de ir a ver el árbol.

—¿Vienes conmigo? —preguntó, y ya casi tenía puesto su abrigo.

—Está bien —dijo su madre, y encogió los hombros.

* * *

El manzano estaba en la parte de atrás de la casa, en un lugar encantado del jardín. Desde que vivían solas, su madre dejaba crecer el césped hasta que se formaba un prado silvestre lleno de flores donde en verano volaban las mariposas y otros insectos. Ahora, en invierno, era un poco desolador ver el árbol partido, con sus ramas peladas y negras, apuntando al cielo.

La imagen del árbol era, a la vez, familiar y ajena para Ana. Ninguna de las dos mitades había muerto después de la caída del rayo y su viejo columpio colgaba aún de una de las ramas más fuertes.

Ana se acercó vacilante y tocó la áspera corteza. ¿Qué relación tenía ese árbol con la pequeña Jule? El ratón había hecho referencia a eso en su sueño, ¿verdad?

Por un instante sintió que la corteza había empezado a arder bajo sus dedos, quitó la mano con rapidez y se volteó hacia donde estaba su madre que, detrás de ella y con el suéter de lana apretado contra su cuerpo, tiritaba y parecía no haber notado nada. Con cuidado puso la mano de nuevo sobre el tronco y una vez más sintió la cálida pulsación.

—Trepa —creyó haberle oído decir al ratoncito. ¿Qué era eso? Ahora mismo estaba despierta y sabía que el ratoncito solo le había
hablado durante el sueño.

—Vamos, trepa lo más alto que puedas —dijo
ahora también su madre—, acá te espero.

Ana tragó saliva, entonces tomó la primera
rama con la mano izquierda y fue como si el
viejo árbol hubiera cobrado vida bajo su cuerpo,
las ramas se estiraban hacia ella de manera que
no tenía que esforzarse. Trepó tan rápido que
se sentía casi como un mono.

—¡Ten cuidado! —oyó decir a su madre desde abajo—. Seguramente hay algunas ramas
podridas.

Ana llegó a la bifurcación donde hacía
muchos años el árbol había sido partido por el

rayo. Una parte del tronco era hueca. Ana miró a través de un orificio del tamaño de un plato. Imposible saber qué tan profundo era, pero abajo, en el fondo, algo brillaba. Ana entrecerró los ojos para poder ver mejor. ¿Qué era aquello?

—Mamá, ¿me pasas el recolector de manzanas? —gritó desde arriba.

—¿Hay algo que recolectar ahora, en medio del invierno? —preguntó su madre con tono divertido, pero se dirigió al pequeño cobertizo del jardín y tomó la herramienta. Se estiró desde el columpio para que Ana pudiera alcanzar el mango largo con picos y con una pequeña bolsa recolectora en uno de los extremos.

No fue nada fácil introducir aquella herramienta poco práctica en el tronco hueco y, además de ello, sostenerse; pero Ana se sentía tan segura en ese árbol como sobre el lomo de la pequeña Jule. Ahora solo le quedaba alcanzar aquel objeto brillante antes de que cayera aún más dentro del tronco.

Ana se estiró y tomó el recolector de manzanas con ambas manos. El interior del árbol estaba tan oscuro que no podía calcular hasta dónde tendría que llegar, así que hizo algunos movimientos al azar, esperando no perder el equilibrio ni caerse de cabeza. De la profundidad surgió un susurro y luego una suave risa.

—¿Qué es tan divertido allá arriba? —quiso saber su madre.

Ana se sorprendió.

—No fui yo, creí que tú te habías reído.

—Yo solo tengo mucho frío, acá abajo no hay nada de qué reírse —afirmó su madre.

Por unos instantes, Ana se sintió asustada y quiso descender, pero su curiosidad fue mayor y siguió intentando alcanzar el objeto. Entonces, oyó un suave tintineo metálico y, ya cansada, sacó el recolector de manzanas poco a poco.

—¿Encontraste algo? —preguntó su madre.

—Aún no lo sé —respondió Ana, y continuó sacando el recolector para buscar el misterioso objeto que había atrapado dentro de la bolsa. Estaba tan nerviosa que sus orejas y sus mejillas enrojecieron. Por fin tocó con los dedos la pequeña bolsa.

—¿Qué es? —insistió su madre desde abajo.

—Parece una cadena… o un amuleto —terminó de decir Ana en voz baja, y examinó,

sorprendida, aquel
objeto que aho-
ra tenía en sus
manos sucias.

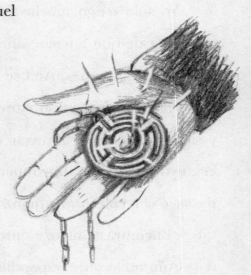

La joya no
era de plata ni
de oro ni de
ningún otro
metal que ella
conociera; estaba trabajada con delicadeza y tenía
finos grabados con extraños dibujos que ella no
había visto jamás. Con cuidado metió la joya en
el bolsillo de su abrigo y le pasó a su madre el
recolector de manzanas, a fin de tener las manos
libres para bajar del árbol.

—No, yo tampoco había visto jamás algo así
—dijo su madre, y tomó la joya entre sus dedos.

—¿Cómo habría llegado hasta el árbol? —se preguntó Ana en voz alta.

—¿Tal vez las urracas? O… ¡los elfos! —opinó su madre, y sonrió con picardía—. En cualquier caso, este amuleto es un regalo del viejo manzano para mi niña elfo. Consérvalo y cuídalo mucho, tengo el presentimiento de que se trata de algo muy especial. Con seguridad te traerá suerte —dijo, y le dio a su hija un beso en la frente.

—Eso espero —respondío Ana pensativa.

* * *

Esa noche, Ana estuvo un buen rato despierta. Hasta hace tan solo dos días su vida había sido completamente normal: Lene y Greta se habían burlado de ella por su poni, algunas veces había montado a Jule y otras había caminado a su lado, pero de La Isla de los Caballos Alados no sabía nada en absoluto.

Sin embargo, ya nada era como antes: su pequeña Jule era ahora Jule alas mágicas y podía volar, ella podía hablar con los animales, era una niña elfo (cualquier cosa que esto significara) y, además, volaba por las nubes sobre el lomo de su caballo alado.

Al día siguiente tendría que remendar la manta con urgencia para poder camuflar mejor a Jule, también quería descubrir cuál era su relación con el extraño amuleto que había encontrado en el manzano y tenían que encontrar La Isla de los Caballos Alados para que Jule pudiera regresar a su hogar. Ana ya no tenía miedo pues, por alguna extraña razón, presentía que este era solo el comienzo de un maravilloso viaje y con este pensamiento se quedó tranquilamente dormida.